KB024531

이준규 시집

명시여행

名詩旅行

국립중앙도서관 출판예정도서목록(CIP)

명시여행 : 이준규 시집 / 지은이 : 이준규. -- 서울 : 한누리미디어, 2017
p. ; cm

한자표제 : 名詩旅行
ISBN 978-89-7969-746-9 03810 : ₩12000

한국 현대시 [韓國現代詩]

811.7-KDC6
895.715-DDC23 CIP2017014089

시인의 말

시는 신비로운 것입니다
시를 읽는 것은
인생 경험의 폭과 깊이를
늘리는 일이라고 사료됩니다.
복잡다양한 물질문명의 소용돌이에서
사상과 감정의 대립 등으로
무겁게 지친 우리들의 영혼에
스스로 나 자신으로부터도
평안과 휴식을 찾아보고자
삶의 지나온 흔적들을
함축적이고 아름다운 단어를 사용하여
본인 특유의 솔직한 표현력으로
이 한 권의 책을 엮어봅니다.
인류의 영원한 주제인 사랑, 그리움 등
서정적이고 감성적인 테마에 비중을 두었고
특히 100세 시대를 맞이하여 시 내용의 소재를
건강에 도움이 되는 근거를 대입하여
유익한 내용으로 꾸며 봤습니다.
아무쪼록 이 시집 한 권과의 인연으로
소중한 님들의 인생에
심신이 건안하시고 늘 행복하시기를…

차례

시인의 말 · 7

제 1 부 닿을 수 없는 그리움

16 _ 닿을 수 없는 그리움
17 _ 사랑도 그러하듯이
18 _ 한 줌 세월아
19 _ 청춘, 꽃바람 다시 불면
20 _ 가을밤
21 _ 사랑은 그리움 외로움
22 _ 짧은 하루
23 _ 그리움은 바람처럼
24 _ 목숨 걸고 사랑하길
25 _ 내게 사랑은
26 _ 아직 젊어
27 _ 빗속의 내 마음
28 _ 슬프도록 아름다운 이별
29 _ 안개 같은 그리움
30 _ 봄날의 로맨스
31 _ 매너와 사랑
32 _ 잊었던 그리운 길
33 _ 당신만을 사랑해

제2부 행복 가불

36 _ 행복 가불
37 _ 배려
38 _ 오늘부터
39 _ 선한 사람
40 _ 청춘
41 _ 다시 청춘
42 _ 청춘 뒤에
43 _ 가장
44 _ 늦복
45 _ 대웅이의 첫돌 축시
46 _ 함 가는 날
48 _ 새벽의 기도
49 _ 살림남
50 _ 중년의 비
51 _ 해 넘어감
52 _ 인생 연장
53 _ 무병장수
54 _ 백수의 비결

차례

제 3 부 절반의 미학

56 _ 절반의 미학
57 _ 설날 떡국
58 _ 봄소식
59 _ 입춘대길
60 _ 우연히
61 _ 향수
62 _ 산사의 메아리
63 _ 용해사의 초파일날
64 _ 칠월칠석날
65 _ 가을은
66 _ 시련
67 _ 첫눈 내리는 날
68 _ 설해측
69 _ 막걸리 예찬
70 _ 낮술 한 잔
71 _ 별난 잔치
72 _ 불문 주당
73 _ 술과 사랑

제 4 부 낭만여행

76 _ 여행
77 _ 대부도가 뜬다
78 _ 한려수도 1박 여행
79 _ 강산
80 _ 습지공원
81 _ 승마장 가는 날
82 _ 유럽으로 낭만여행
83 _ 동창회
84 _ 예절관 봄나들이
85 _ 상선약수
86 _ 귀농교육
87 _ 5분 먼저 가려다
88 _ 미리 사는 천국
89 _ 명문대학
90 _ 선생님 은혜
91 _ 월고회
92 _ 호수인의 힘찬 합성
93 _ 박장대소

차례

제 5 부 생명

96 _ 생명
97 _ 미소
98 _ 필기
99 _ 세수
100 _ 사랑
101 _ 손님
102 _ 엉덩이
103 _ 웃음
104 _ 나무
105 _ 시국
106 _ 하나면 족할 걸
107 _ 냉장고
108 _ 얼굴
109 _ 마음
110 _ 내가 좋아하는 말
111 _ 시간
112 _ 자연보호

제6부 시로 푸는 어의보감

114 _ 냉이
115 _ 봄쑥
116 _ 청양고추
117 _ 가지
118 _ 부추
119 _ 마늘
120 _ 양파
121 _ 석류
122 _ 당근
123 _ 양배추
124 _ 검은콩
125 _ 월명초
126 _ 체리
127 _ 보리수
128 _ 토마토 자랑
129 _ 해변촌 탈아리궁
130 _ 최고의 술안주
131 _ 건포마찰

제 1 부

닿을 수 없는 그리움

닿을 수 없는 그리움
사랑도 그러하듯이
한 줌 세월아
청춘, 꽃바람 다시 불면
가을밤
사랑은 그리움 외로움
짧은 하루
그리움은 바람처럼
목숨 걸고 사랑하길
내게 사랑은
아직 젊어
빗속의 내 마음
슬프도록 아름다운 이별
안개 같은 그리움
봄날의 로맨스
매너와 사랑
잊었던 그리운 길
당신만을 사랑해

닿을 수 없는 그리움

지그시 감은 눈으로
닿을 수 없는
그리움을 바라본다.

누군가 포옹해 주면
내 누추한 사랑도
다시 따뜻해질 수 있으련만…

사랑도 그러하듯이

사람은 옛 사람이 좋고
옷은 새 옷이 좋다 하니

사랑의 영원함은
사랑을 잃은 뒤 알 터이니

다시 사랑을 찾아가는 건
너무도 허망한 일이 아닐런지…

한 줌 세월아

봄바람에 흩날리던 꽃잎이여
가을비에 젖어들던 바람소리여
어느덧 눈꽃이 산등성이 덮어오니

무정한 세월아 쉬지 않고 가느냐
떠나지 않는 사랑도 없다더니
머무르지 않는 세월 또한 무심쿠나

태양은 노을 뒤에 숨었을 때
가장 아름답다 하더니만
저녁노을 바라보며 내 눈마저 젖는구나

청춘, 꽃바람 다시 불면

동안열풍 세차게 분다

얼굴 주름 줄일려고
빨대 물고 아, 에, 이, 오, 우 소리낸다

처진 턱살 올리려고
턱을 당겨 올리기를 두 달 연속 하라 한다

고정관렴 버려야만 뇌 건강에 이로웁고
사회성 지능은 나이 들수록 좋아진다 하니

산토끼 노래 반복해서 부르며
손, 귀, 코, 눈, 입 마사지 자주 해 보자

청춘, 꽃바람 다시 불면
인생 2막 더없이 좋으련만

가을밤

공허한 가을밤에
초승달 떠오르니

불 꺼진 빈 방에도
달빛이 들어오네

떠난 임 빈 자리에
누굴 또 채우리오

멍든 가슴 부여잡고
옛 사랑에 젖어보리

사랑은 그리움 외로움

어느 날
밀려오는 쓸쓸함에
파고드는 그리움

그대와의 아련한 추억이
가슴 깊숙이 떠오름을
누르기 힘드니 어이 하리

마음 깊숙이 감춰두었던 사랑을
지울 수도 버릴 수도 없으니…

짧은 하루

하루는 일생이라 하였기에
하루가 모여 평생 되듯

좋은 하루도 있고
나쁜 하루도 있겠지

하루가 짧듯이
일생도 짧을 테니

주어진 오늘 하루는
선물이요 귀함이리

그리움은 바람처럼

골목 어귀에 홀로 서서
기다림에 지쳐 발 저릴 때

좁은 골목의 바람들도
서로 어루만지며 비켜 가건만

참아 넘기던 그리움에
먼 하늘 별 보며 몰래 웁니다

목숨 걸고 사랑하길

목숨 걸고
당신을 사랑하길
정말 잘 했습니다

눈 감아도 보였지요
한결같은 고요함
나를 감싸주는 따뜻함

자식 위한 무한 희생
가문 위한 온몸 헌신

목숨 걸고
당신을 사랑하길
정말 잘 했습니다

내게 사랑은

사랑!
그건 나의 전부입니다.

당신을 만나던 그날부터
내 마음은 왜 이리도 설레는지

별들은 어찌 저리 빛나는지
하늘은 저리도 푸른지

세상 사람들 뭐라 하든
콧노래 부르며
마냥 사랑에 취해 보리

아직 젊어

몸가짐이 가볍기에
나는 아직 젊어요

아침햇살 따뜻하고
저녁노을 황홀하니

손발도 따뜻하고
식욕도 왕성하니

나는 아직 젊어
나는 아직 청춘이야

빗속의 내 마음

내리는 빗속에
하~얀 그리움

쏟아지는 빗줄기에
저려오는 내 가슴

나 홀로 사랑하는
말 못하는 망설임

젖어오는 가슴앓이에
이 그리움 잠재워지려나

슬프도록 아름다운 이별

산하에 눈이 쌓인
어느 날 밤에

등잔불 밝혀두고
혼자 울었네

바람이 싸늘 불어
밤은 깊은데

못 이룰 우리 사랑
예까진가 가슴 저리네

안개 같은 그리움

막연한 그리움
세월 가도 잊혀지지 않는

별빛 보며 피어나는
안개 같은 그리움

추억의 향기는
의미 없는 사랑일 뿐

봄날의 로맨스

라일락 향기 날리니
봄은 곁에 와 있도다

나의 봄이 열렸으니
사랑에 한 번 빠져 볼까

봄바람이 산들 부니
옛 사랑 스쳐가네

욕심 없이 소박하게
순결했던 내 마음도

봄 향기 가득 취해
로맨스에 젖어들다

매너와 사랑

사랑은
허다한 것을 덮는다

매너는
선을 지켜야 한다

부부간의 사랑에도
지켜야 할 매너가 있는 법

오래도록
사랑 받으려면

배려와 존중으로
매너를 지켜가요

잊었던 그리운 길

어디로 가나
어디로 갈까

길을 잃고 헤매는
외로운 길손

네온사인 반짝이는
별을 보며

잊었던 그리운 길
찾아서 가네

당신만을 사랑해

나의 작은 소망은
평범하고 진솔하게 살아가는 것

겸손한 자세와
순수한 마음으로
자연인처럼 살고 싶어요

내가 선택한 맑은 가난은
불필요한 것에 욕심내지 않는
순백의 깨끗한 마음일 테니

빈 마음이 내 본심이듯
비워야 편함이 있고
가족 모두 무탈하리니

부족함 많은 나이지만
평생 당신만 바라볼 각오이기에
내 삶은 늘 아름다울 수 있으리

제2부

행복 가불

행복 가불
배려
오늘부터
선한 사람
청춘
다시 청춘
청춘 뒤에
가장
늦복
대웅이의 첫돌 축시
함 가는 날
새벽의 기도
살림남
중년의 비
해 넘어감
인생 연장
무병장수
백수의 비결

행복 가불

행복을 외상으로 사 보세요

행복은 댕겨 쓸수록 좋고
외상으로 쓰면 더 좋을 테고

늘 사랑하며
늘 기뻐하며

행복지천
미리 댕겨 볼 일일세

배려

주는 사랑은
감사한 일상에서 싹트듯

받기만 좋아하는 사람은
욕심이 만근이니

주는 사람 얼굴 보면
꽃처럼 화사하네

주는 것은
사랑의 실천이며

받으려만 하는 것은
사랑을 잃어가는 허약함이려니

오늘부터

옷은
좋은 것부터 입고

말은
좋은 말만 골라 하리

좋은 짓만 하여도
남은 세월이…

선한 사람

아니더라도
죽도록 사랑하는 사람은

아니더라도
미치도록 좋아하는 사람은

외로운 날 만나서
차 한 잔 함께할 수 있는

마음씨 선한
그런 사람 하나 있었음 좋겠네

나 또한 그 사람에게
괜찮은 사람이었으면 더 좋을 테고

청춘

청춘이란
어느 시기가 아니라 마음입니다

뽀얀 육체가 아니라
열정이요 신선한 정신입니다

열여섯 살 청년보다
칠순 노인이 더 청춘일 수도 있겠지요

즐거움과 환희가 있는 한
우리는 젊은 청춘으로 불릴 테니 말입니다

다시 청춘

무병장수 실천에는
혈관건강 중요하니

하루에 만보 걷고
식습관도 고쳐봐요

청춘! 꽃바람 다시 불면
내 인생 얼마나 행복할까?

청춘 뒤에

꽃잎이 지고나면
열매를 맺건마는

청춘이 흐른 뒤엔
주름살만 더하는데

세월의 무심함에
가슴 시린 여운이여

가장

가장 힘이 들어
가장이라 한다지요

한 때는
존장으로 불리면서

가족의 통솔자로
어른대접 받았건만

요즘은
가족부양 힘들어서

가장 힘든 역할 감당하여
가장이라 불린다네

늦복

젊었을 땐
그 자체가 큰 복인 줄 알았는데

나이 들어 겪어보니
가족 평안이 큰 복이더라

큰며느리 선량하고
손자 손녀 총명하니

말해 뭐해
늦복이 터져 버렸네

물론
두 아들도 착하고 듬직해요

아참
마나님도 현대판 현모양처랍니다

대웅이의 첫돌 축시

전주이씨 왕손가에
대웅이가 태어난 날

하늘은 더 푸르고
붉은 태양 찬란하니

이름처럼 웅비하여
세계 속에 우뚝 서렴!

함 가는 날

미리야 보아라

오늘은 너에게 함을 보내는 날인데
함 가방을 보니 만감이 교체하는구나

뭐 더해 줄 것은 없나
이왕이면 좀 더 좋은 걸로
많이 해 줄 걸 하는 아쉬운 마음도 있지만

우리 가족 모두는 너에게
예물의 부피나 크기보다
그 어떤 것과도 비교할 수 없는 '큰사랑' 을 담아 보낸다

미리야 이제 결혼이 일주일 앞으로 다가왔구나
우리 며느리가 되어줘서 정말 고맙다

항상 가족을 사랑할 줄 알고
늘 사랑이 넘치는 가정이 되도록
우리 함께 노력해 보자꾸나

든든하고 믿음직스런

그리고 지혜로운 며느리를 맞게 되어
우리 가족은 행복하기만 하단다

미리를 사랑하는 순수한 마음으로 적어본다
미리야! 며느리야!! 많이많이 사랑한다!!!

2007년 9월 1일

함 가는 날 아침에 시어머니 씀

새벽의 기도

동네 수탉의 꼬끼오~
모닝콜 소리에 잠이 깨면
어머님 아버님 사진 앞에
정안수 두 그릇 올려놓고 엎드려 비옵니다

우리 가족들 자손들 대대로
조그만 사고도 없이
무탈하게 잘 지켜주시면
고맙고 감사하겠습니다

착한 큰며느리
회사에서 윗분들 사랑 받고
듬직한 장남
군복무 무사히 마치고 정년퇴임할 수 있도록
도와주시고 지켜주시고 보살펴주시면
고맙고 감사하겠습니다

막내 좋은 배필 만나서

아들 딸 낳고 화목한 가정 이뤄서
백년해로할 수 있도록 도와주시면
더욱 고맙겠습니다

살림남

저는요
요리(궁중요리, 사찰요리)도 잘 하고
빨래도 직접 하며
양재도 배웠기에
옷도 직접 지어 입지요

청년시절 잘 나가는 목수였으니
고향 집터에 멋진 집도 제가 지어 볼려구요

의식주를
스스로 해결할 수 있으니
저를
살림남이라 불러주심은…

중년의 비

중년의 비는

외로움인가
그리움인가

삶이 깊어가듯
빗소리도 깊어갈 때

그리움인지
외로움인지

허전한 빈 가슴에
빗소리만 속절없네

해 넘어감

찬란했던 태양은
노을 뒤에 살짝 숨었을 때
아름답다 하더이다

이제 남은 인생은
뒤로 한 발 물러서서

모르게 베풀고
나눠 가며 살아야지

인생 연장

불과 1세기도 아니 되어
평균수명 배 이상 늘었으니
100세 시대 다가왔네

그야말로 우리들은
늘어난 평균수명
첫 세대라 할 터이니

나이 들어 건강하려면
마음이 안정되고
몸은 바빠야 할 것이외다

무병장수

무병장수는
본인의 노력인 걸

다리가 건강해야
오래살 수 있답니다

하루에 반시간씩
하루 걸러 걸어 보고

치아가 튼튼해야
온몸도 튼튼하니

치아 관리 소홀 말고
치약 칫솔 골라 써요

환갑을 넘어서도
근육운동 계속하면

생체 리듬 활력 찾아
장수할 수 있답니다

백수의 비결

우문현답일지 몰라도

100세 사신 어르신께
비결을 물었더니

욕심 없이
순리대로 살면

100세는
누구나 살 수 있다 하시네

제3부

절반의 미학

절반의 미학
설날 떡국
봄소식
입춘대길
우연히
향수
산사의 메아리
용해사의 초파일날
칠월칠석날
가을은
시련
첫눈 내리는 날
설해측
막걸리 예찬
낮술 한 잔
별난 잔치
불문 주당
술과 사랑

절반의 미학

꽃은
반쯤 피었을 때
더 예쁘고

술은
알딸딸할 때
홍취가 절로 나니

그 선을 넘어가면
추악한 경지에
이르노니

복록이 있는 자는
이를 잊지 말지어다

설날 떡국

장수의 의미로
설날 떡국은

음의 기운 덜어내고
양의 기운 채우려고

엽전모양 썰은 떡이
돈의 모양 상징하니

새해 첫날 떡국 먹고
양기 충천 재운 가득

봄소식

입춘대길 건양다경
봄이 오는 소리 들리는 듯

꽃샘추위 투정해도
꽃망울들 움직이니

따뜻한 햇살 고루 비춰
개구리를 잠 깨우소

입춘대길

겨울 깊더니
어느새 봄이 오네요

따스한 기운 감도니
우주만물 소생하겠네

꽃바람 따라
봄비도 내리겠죠

입춘대길 건양다경
덕담 인사 나누노니

웃음 가득 꽃피우고
벚꽃 구경 떠납시다

우연히

어젯밤
비에 핀 꽃이

오늘 아침
바람에 지는구나

가련타
봄의 전령이시여

비로 왔다가
바람에 가는구려…

향수

구름 돌아
비 내리면

마음은 어느덧
고향으로 향한다

수수밭 감자밭에
씨를 뿌리던

고향으로 달려간
이내 마음은

돌아올 줄 모르고
허공 속에 자꾸만 시간이 가네

산사의 메아리

계향산 남서록에
풍경 좋은 화림선원

뭉게구름 흘러갈 때
바람소리 정겨웁네

아침 짓는 굴뚝연기
한 폭의 동양화인데

마음씨 고운 신도님들
꾀꼬리 같은 합창소리

참선하는 일념으로
아름다운 사랑 싣고

사바세계 자비로움
온 누리에 노래하네

용해사의 초파일날

풍경 좋은 용해사에
오색 연등 찬란하니

뒷동산에 산새들도
예쁜 소리로 염불 외우네

불심으로 향불 피워
소망 비는 신도님들

오늘 베푼 선행은
천년의 보배리니

부처님 오신 초파일날
사랑 나누며 성불하세

칠월칠석날

견우와 직녀가
오작교에서 만난다는 전설의 날

아내 동지 10쌍을
집 앞으로 불러 모아

시냇물 흐르는
낮은 오작교 위에 돗자리를 펴고

복숭아 화채와
증편 술떡은 기본이고

인삼 넣고 해물 넣은
일명 산신령 빈대떡 연속 부쳐대며

여름밤 시 한 수 지어 보는
백일장 열어 보니

너도 나도 술에 취해 얼싸안고
홍얼홍얼 참으로 가관이로세

가을은

가을을
두 번째의 봄이라죠

울긋불긋 단풍드니
꽃빛보다 아름답네

단풍이 예쁜 이유는
낙엽으로 지기 전에

나를 한 번 보아 달라
과시하며 뽐내는 것

시련

시련으로부터
도망가지 말지어다

시련을 극복할 때
열매가 익는 법

허영을 부리지 않는 나무에
좋은 열매 열리듯이

실패해 보지 않은 사람은
강해질 수도 없을 것이리

첫눈 내리는 날

첫눈 내리는 날
첫사랑 떠오르네

흔들리는 삶속에
눈꽃 또한 아름다우니

실패한 사랑이 아름다운 건
외로운 사람들의 미련이
우물처럼 깊기 때문은 아닐까

설해측

강한 비바람에도
끄떡없던 아름드리나무들이

눈이 내려 쌓이기 시작하면
사뿐히 쌓이는 눈의 무게 힘겨워서

여기저기 뚝뚝뚝
나뭇가지가 꺾이는 소리

그 정정한 나무들이
부드러운 눈 아래 넘어지니

그 때문일까
한겨울 지나고 나면

앓고 난 얼굴처럼
산은 수척해 보이네

막걸리 예찬

세계로 뻗어가는
막걸리 열풍 속에

종로 중심에서
잔치마당 벌어졌네

이름난 장수촌엔
막걸리가 대세라니

소주가 불이라면
막걸리는 흙이로세

신이 주신 발효식품
술이면서 건강식품

허기질 때 마시면
요기로도 제격이요

더불어 마시면
응어리도 풀린다네

낮술 한 잔

여의도 지하층에
낮술 한 잔 집 생겼는데

도마수육 안주 좋고
잡채는 셀프로 그냥 줘요

잔술이니 부담 없고
반주로도 제격이라

낮술이란
묘한 데가 있네요

어딘가 불량하게
신나는 구석도 있구요

시간 여유 갖고 사니
낮술 한 잔도 즐길 수 있어
나는 정말 행복한 사람일세

별난 잔치

초록으로 눈부시고
꽃향기에 숨 막히니

사랑 부푼 5월 하순
별난 잔치 벌어졌네

방방곡곡 귀한 인연
주인 반해 모여드니

서민탁주 한 사발에
진한 우정 발동하여

정겨웁게 얼싸안고
체온으로 인사하네

하늘 높은 노랫소리
바람결에 홍겨우니

소천재에 흠뻑 취해
세월마저 잊었노라

불문 주당

술 잘하는
사람들은

밤이나 낮이나
주야 불문

소주든 탁주든
청탁 불문

앉으나 서나
입좌 불문

죽으나 사나
생사 불문

술이 들어가면
지혜가 나온다나…

술과 사랑

손으로 마시는 건 술이요
가슴으로 마시는 건 사랑이다

허물을 깨는 건 술이요
그리움이 쌓이는 건 사랑이다

입맛이 설레는 건 술이요
가슴이 설레는 건 사랑이다

잠을 청하는 건 술이요
잠을 깨는 건 사랑이다

마음대로 마시는 건 술이요
내 맘대로 안 되는 건 사랑이리

제4부

낭만여행

여행
대부도가 뜬다
한려수도 1박 여행
강산
습지공원
승마장 가는 날
유럽으로 낭만여행
동창회
예절관 봄나들이
상선약수
귀농교육
5분 먼저 가려다
미리 사는 천국
명문대학
선생님 은혜
월고회
호수인의 힘찬 합성
박장대소

여행

무릇
여행은

한 권의 책이다

여행하지 않은 사람은
책의 제목조차 모를 것이니

신선한 바람에
예쁜 꽃들 만발한

어디론가
여행을 떠나보세요

대부도가 뜬다

유서 깊은 대부도에
새로운 물결 밀려온다

망망대해 밀물 따라
전력선 떠오르고

푸르른 하늘 위엔
비행기 오고 가네

천만 년을 내다보는
해양관광 눈을 떠서

허브향기 가득 품은
바다목장 꿈 이루자

간만의 차 높은 갯벌
세계에서 주목하니

우주의 중심으로
대부도가 떠오른다

한려수도 1박 여행

싱그러운 5월이니
하늘도 청명하고
바닷물도 푸르도다

경기도를 맹주였던
목민관 선비님들

체온으로 인사하며
낭만여행 길 오르다

한려수도 뱃길 따라
병풍비경 펼쳐지니
마음 또한 설레이네

유한흥국流汗興國 논제삼아
소찬 박주 나누면서
남은 인생 토론하리

아~ 벗들이여
서로 돕고 의지하며
살가웁게 백년 사세!

강산

호수는 물결 일고
산과 들은 바람 일고

푸르른 산천초목
날 부르며 오라는데

야생마처럼
날뛰던 이내 청춘

어느새 머리 희끗
흐르는 세월 속절없네

꿈속에서 강산 찾아
내 마음은 여행중

습지공원

시화호 습지공원
내가 그려 만든 건데

서울 인천 멀리에서
철새 따라 몰려드네

갈대숲에 바람 일고
바닷물에 고기 놀고

생태환경 보전하여
생명건강 누려 봄세

승마장 가는 날

마음 들뜬 오늘은
승마장 가는 날

헬멧, 부츠 고루 챙겨
대부도로 달려간다
럭키루키 페가수스
마馬님들도 보고 싶고

우아하신 김 이사님
채찍 잡은 서 수석님
정감 있게 반기시네

서해안에 중심 잡은
베르아델 승마장은
세계 속에 부상하는
마상문화 메카로다

유럽으로 낭만여행

꽃피는 춘삼월에
로맨틱한 마흔 명이

한국 떠나 유럽으로
배낭 메고 길 떠나다

세상은 넓다더니
새록새록 신비롭네

알프스의 함박눈도
드브로브닉의 센 바람도

세월 흐른 먼 훗날엔
추억 속에 아련하리

체온으로 인사하며
살가웁게 맺은 인연

꿈엔들 잊으리요
정겨웁게 백년 사세

동창회

곁에 있어도
그리운 친구여
아름다운 인연이여

내리는 비에는 옷이 젖지만
쏟아지는 그리움엔
마음이 젖는구나

청춘이란 나이가 아니라니
마음으로 젊으면
모습도 따라 젊는다네

숨가쁘게 뛰어왔으니
이제 남은 인생은
쉬엄쉬엄 살아가세

산이 부르면 산으로 가자
파도가 그리우면
사랑의 바다로 달려가자!

예절관 봄나들이

신록이 짙어가는 5월의 초하룻날
예절관 문을 나서 도자체험 행차하네

스승님도 동행하고 선배님도 함께 가니
체온으로 인사하며 분위기도 좋을시고

임금님 드셨다는 이천쌀밥 상상하니
벌써부터 군침 돌아 시장기가 동요하오

물레 앞에 앉기 전에 밥상부터 받는다면
세상만사 훙얼대며 풍월이나 읊고 싶소

상선약수

물 맑고 공기 좋은
가리산* 계곡에는

진폐증도 고쳤다는
상선약수 흐른다네

낙엽으로 컵 삼아서
약수 한잔 들이키니

뱃속까지 시원해서
없던 힘도 샘솟으리

*가리산 : 강원도 홍천군 화촌면 야시대리 소재의 산.
가리산 막국수도 유명하다.

귀농교육

농업을
귀히 여기는 사람들이 늘면서

여기 저기 조선 팔도
귀농 교육 관심 높네

두 달 합숙 귀농교육
삼백 여 시간 수료하면

나름대로 생각했던
농부의 꿈 이룰 테니

농업의 발전 없이
나라의 발전 없으려니

유한홍국 떠올리며
땀 흘려 나라에 이롭게 살아 보련다

5분 먼저 가려다

5분 먼저 가려다
오십 년 먼저 간다는

소싯적에 들은 말이
약이 되어

60평생 큰 사고 없었으니
다행이고 감사해라

신호위반 달려봐야
5분 10분 차일 텐데

조심운전 습관하여
가족행복 지켜야지

미리 사는 천국

웃음이 가득하고
이웃과 다정하면

그것이 미리 사는
천국이란다

기쁨으로 수용하라
매사에 감사하라

매일매일 행복하면
그것이 미리 사는 천국이라네

명문대학

수도권의 명문대학
신안산대 명성 높다

광활한 교지 위에
조경풍수 장엄하며

교직원도 우수하고
학교운영 투명하니

방방곡곡 우수인재
밀물처럼 몰려오네

바른 인성 교훈으로
실무역량 집중하여

전국에서 제일가는
정상으로 우뚝 서리!

선생님 은혜

교장선생님
담임선생님
모든 선생님

감사합니다
사랑합니다
존경합니다

바른 인성 배웠으니
넓은 세상을 향하여
더 큰 꿈을 펼쳐 볼게요

삼성의 이름처럼
세상에서 으뜸가는
더 큰 산이 되렵니다

월고회

월피동이
고향인 사람들의 모임을
월고회라 칭합니다

회장님도 덕망 높고
사모님도 좋으셔서

일년 내내 허구한 날
원탁에 둘러앉아

음식도 나눠먹고
이야기꽃도 피우지요

내 것 네 것 안 가리며
가족처럼 어울리니

지나가는 행인들도
부러워서 기웃기웃

호수인의 힘찬 함성

경사로운 오늘은
호수클럽 잔칫날

회장님도 새로 뽑고
회원님들 다 모이니

닫힌 마음 활짝 열고
남복 여복 뛰어보세

근심일랑 털어내고
태양처럼 활짝 웃어

싱그러운 나무처럼
무병장수 건강하세

박장대소

손뼉 치며
크게 웃는 박장대소

웃으면 혈압 내리고
심장박동 뛴다 하니

껄껄대며
크게 웃는 가가대소

얼굴까지 일그리며
크게 웃는 피안대소

데굴데굴 구르며 포복절도
속까지 후련하게 박장대소

제 5 부

생명

생명
미소
필기
세수
사랑
손님
엉덩이
웃음
나무
시국
하나면 족할 걸
냉장고
얼굴
마음
내가 좋아하는 말
시간
자연보호

생명

우리네 인생은

고독한 것이기는 해도
고립된 것은 아니겠지

홀로인 생명은 없듯이
너와 나는 관계 속에 살으리요

관계를 책임지는 통로는
사랑밖에 없다 하네

미소

미소는

가정을 밝게 하고
일을 유쾌하게 하며

교제를
명랑하게 하고

수명을
길게 연장한다 하네

필기

독서는
완성된 사람을 만들고

담론은
재치 있는 사람을 만들며

필기는
정확한 사람을 만든다

세수

맑은 물에
세수만 해도

얼굴이
깔끔했던 시절이 있었는데

이제는
덕지덕지 발라대도

뻣뻣하고
거칠어진 내 얼굴

사랑

인생이 아름다운 건
사랑 때문 아니던가

인생은 잠시 스쳐가는
바람과 같다 하니

우리는 이 세상에
잠시 소풍 나온 사람들

사랑하는 일에
게을러선 아니 되오

인류의 영원한 테마 역시
사랑이라 하였기에

손님

밀알 집에 오신 손님
모두들 좋은 인연

인상도 밝으시고
마음도 넓으시니

뵐 때마다 반가웁고
뜸하시면 그리워요

예쁜 딸과 고운 손녀
삼대가 똘똘 뭉쳐

최고 실력 발휘해서
정성으로 모시려니

삼삼오오 줄을 지어
손에 손잡고 오시구요

가시는 님은 아쉬우니
또 오시면 좋으련만…

엉덩이

고혈압 고칠려면
엉덩이 근력 키우라네

두꺼운 책 한 권 들고
양쪽 뒤로 내려놓기 반복하면

허벅지도 굵어지고
고관절도 강해지니

오늘부터 서둘러서
엉덩이 근력 키워 봐요

웃음

웃으면
밥이 나온다

웃으니까
친구가 돌아오고
이웃도 생기고
사랑이 다가온다

하여 웃음은
보약이라 하지 않았던가

나무

살았을 땐
새들에겐 안식처가 되고

죽었을 땐
버섯이나 이끼의 터전이 된다지요

바람 불 땐 방풍림
눈이 올 땐 방설림

살아 500년
죽어서도 500년

누군가에게
베푸는 삶을 사는 나무에 고마움

시국

강산은 수려한데
세상은 어지럽고

밤거리는 활발해도
경기는 지지부진

누구를 탓하겠노
최선 다해 살아보리

하나면 족할 걸

하나면 족할 걸

백 개 천 개 욕심내니
물질만능 폐해로다

비우면
더 좋은 것으로 채워진다는

평범한 진리를 알고 나면
허황된 욕심 버릴 수 있을 텐데…

냉장고

냉장고가 생기면서
이웃 정이 박해졌네

옛날에는
먹을 것 생기면

이웃에다 저장하고
서로 나눠 먹었는데

요즘에는
먹을 것이 넘쳐나도

냉동실에 얼려놓고
일 년 이 년 저장하니

이웃간에 가까운 정
언제였나 싶어지네

얼굴

얼이 드나드는
굴이 모여 있다 하여
얼굴이라 한다지요

보는 굴은 눈이요
듣는 굴은 귀로다

먹는 굴은 입이요
맡는 굴은 코로다

눈구멍, 콧구멍
귓구멍, 목구멍

얼이 들락날락하는
구멍만이 모여 있어
얼굴이라 하였겠지…

마음

마음은
팔 수도
살 수도 없지만

줄 수 있는
가장 좋은 선물입니다

하지만 내 마음이 작으면
큰 마음을 받기 어려워

마음대로
되는 것보다

마음대로
안 되는 것이 더 많아서

서둘러 되는 일
또한 쉽지 않으니

편한 마음으로
만사에 겸손하게 살래요

내가 좋아하는 말

복은
검소함에서 오고

덕은
겸양함에서 생기며

지혜는
고요함에서 찾아오니

근검절약 실천하고
낮추며 겸손해서

어질고 착하게
비워가며 살으리랐다

시간

전능하신 창조주께서
누구에게나 공평하게

빈부귀천 불문하고
하루 24시간을 주시었네

부지런한 사람은
입체적으로 활용할 것이고

게으른 사람은
건들건들 허비할 것이니

많은 시간 흐른 뒤의
그 결과는
불을 보듯 훤할 테지

자연보호

인간도
자연의 일부이니

자연이 훼손되면
내 몸 또한 망가질 터

빙하가 무너지고
지구 온난화 심각한데

미세먼지 혼탁해서
온갖 질병 창궐하니

이제부터 우리 모두
자연보호 앞장 설 때

제6부

시로 푸는 어의보감

냉이
봄쑥
청양고추
가지
부추
마늘
양파
석류
당근
양배추
검은콩
월명초
체리
보리수
토마토 자랑
해변촌 탈아리궁
최고의 술안주
건포마찰

냉이

봄의 전령 냉이는
겨우내 땅속에서
흙의 기운 취했기에
봄에 먹는 산삼이라 하였거늘

새싹부터 뿌리까지
단백질이 풍부하니
약재로도 널리 쓰이고

혈관 건강에
효능 탁월하여

눈 건강, 간 건강에
큰 도움을 준다 하네

봄쑥

바람은 아직 차지만

창틈으로 스민 햇볕이
따사로운 봄의 시작

봄 하면 생각나는
새싹, 생명, 나물, 햇볕

봄의 새싹 중에
신비한 약효 지닌 쑥을 주목하라

비타민과 치네올이 풍부하여
혈액순환 여성건강 도움되네

가을 기운은 무 밑둥에 모여들고
봄기운은 쑥으로 다 모여든다 하였네

청양고추

얼큰하면서도
몸에 좋은 영양소가 가득하여

음식마다 깊은 맛을 내는
야채 중에 으뜸가는 청양고추

비타민 C가 풍부하여
면역력을 향상하고

뇌신경을 자극하여
뇌기능을 활발하게 해 주니
수험생들 집중력에 도움 되리

야맹증을 다스려서
눈 건강에 도움 되고

위장의 나쁜 균을 살균하니
장 건강에도 으뜸일세

오늘부터 장바구니에
청양고추 담아 봐요

가지

삼국시대부터 재배해 온
안토시아닌 풍부한 가지에는

활성산소 억제해서
백내장을 예방하여
시력보호 효험 있네

식이섬유 풍부하여
장내 노폐물을 밀어내니
변비에도 좋다지요

본초강목을 보면
염증개선에 탁월한 성분 있다 하니

천기누설 방송에선
가지의 효능
입이 마르도록 목소리 키우네

부추

정구지로 불리우는
보양식품 부추에는
성질이 따뜻하고
매운 맛은 있으되 독이 없어

약한 사람에게는
기력을 보호하여 위장에 좋고
간에 좋은 채소라 하여
김치로 만들어 먹으면 간도 건강하리

혈액순환 도움 되어
말초신경 활성화 시키니
벽을 뚫는 파벽초라
담을 넘는 월담초라 불리우네

췌장암 환자도
부추와 요구르트 갈아서 복용하여
새로운 생명 찾았다 하니
예방 차원에서도 즐겨 먹어 볼 일이네

마늘

마늘의 어원은
많이 먹으면
마누라를 즐겁게 한다 하여
마누라, 마누라 불리다가
마늘이라 칭하였다네

냄새를 제외하고는
백 가지가 이롭다 하여
일해백리라고도 불리우고

알리신 효능을 갖고 있어
살균 항균작용의 도움으로
식중독 균도 죽인다 하네

소화를 돕고 면역력을 높이니
착한 물질이라 칭송 높네

정력증강 혈행개선 노화억제
일일이 나열하기도
지치고 힘들도다

양파

금쪽 같은 식품 양파에는
놀라운 효능이 무려 54가지라 하니

하루 반개씩 꾸준히 먹으면
어느새 약이 되어 강한 체력 담보하리

모세혈관 강화하여
당뇨병도 예방하고

콩팥기능 증진시켜
신장병도 예방하며

살균력이 뛰어나서
충치에도 도움되리

양파의 뛰어난 장점은
아무리 많이 먹어도 부작용이 없다는 것

석류

고대 페르시아부터
과실로 식용된 석류는

구연산 등 유기산이 함유되어
탈모와 여성 건강에 주목 받네

씨앗을 싸고 있는 막에는
천연 에스트로겐 풍부하여

골다공증 우울증 등
갱년기 장애에 도움되리

당근

히말라야가 원산지인
붉은색의 홍당무인 당근

비타민 칼슘 유황이 풍부하여
성인병 예방에 탁월하네

장의 벽을 보호하여
설사를 멎게 하고

천식 폐기종 등
담배관련 질병에 참 좋은 채소라네

양배추

서양의 3대 장수식품인
영양 듬뿍 양배추는

출산 마친 산모들의
젖몸살에 좋다 하네

위장, 폐, 대장, 유방에
도움 되는 비타민의 보고로다

생으로 먹는 것이 더 좋은
양배추는

알렉산더 대왕이 즐겨 먹고
의사들을 추방했다

어디서나 손쉽게 구할 수 있으니
'가난한 사람들의 의사' 라고도 칭한다

검은콩

탈모를 예방하는
검은콩은

칼슘 철분 고루 갖춘
영양학적 우수식품

혈액의 독을 푼다 하여
콜레스테롤 청소부요

갱년기 여성에겐
골다공증 도움 되리

월명초

원어로 삼붕나와
신의 잎 월명초는

진시황도 드셨다는
노화억제 장수식품

일본에선 구명초요
중국에선 명월초라
한국에선 당뇨초라 불리우니

월명초를
신비의 약초라 한다네

체리

과일의 다이아몬드라 불리는
영양 많은 체리는

황산화 식품으로
노화억제 도움주고

소염효과 충분하니
통증 완화 효과 있네

미국산 체리보다
국산 체리 맛도 좋아

주말에 날을 택해
대부도로 달려가니

약삭빠른 서리꾼들
주인 몰래 다 따갔네

보리수

보리가 익어갈 때 먹는다 하여
보리수라 부르는데

기침과 천식에 효험 있고
미세먼지와 메르스에 관심이 집중되니

술 마신 다음날에
콩나물국도 좋다마는

보리수 열매에도
독소 배출 효과 있네

태양과 바람과 시간의 철학으로
고집스런 뚝심의 발효명인

은성농장 대문 옆에
주렁주렁 탐스럽게 익어가니

6월 제철 보리수를
아낌없이 먹어 보오

토마토 자랑

알알이 익은 토마토는
생명의 씨앗이요

주렁주렁 달린 토마토는
건강의 에너지로세

붉게 여문 토마토가
태양처럼 찬란하니

방방곡곡 팔도에서
밀물처럼 찾아오네

풍광 좋은 양상동에
토마토가 보배로다

해변촌 탈아리궁

시원하게 새만금 길 달려
부안군 변산면 마포리에

애절한 아픔 딛고
해변촌 탈아리궁이
새롭게 탄생하였네

갑오징어 돌판구이
계절 특미 푸짐하고

백합죽도 일품이요
오죽 또한 귀한 음식

달마다 찾아와서
달순 궁장님도 뵙고 싶어라

최고의 술안주

손상된 간세포
재생 돕는 수육

주당에게 부족한
엽산 많은 곶감

연말 술자리에 더없이 좋은 안주
간 해독에 이로운 굴과 조개

산성화된
신체를 중화하는 미역

옛날부터 주안상에 자주 오른
알코올성 치매 예방하는 생율

뇌신경 세포를 복원하는
등 푸른 고등어와 꽁치

인삼 넣고 해물 넣은
내가 개발한 산신령 빈대떡

건포마찰

사람은
옷을 입고 살기에

피부기능 퇴화하여
영양합성 뒤처진다

자연환경 통관하여
피부경락 주요하니

피부가 빨갛도록
열감 나게 문지르면

혈액순환 왕성하여
건포마찰 효과 크오

이준규 시집

명시여행

•

지은이 / 이준규
발행인 / 김영란
발행처 / 한누리미디어
디자인 / 지선숙

•

08303, 서울시 구로구 구로중앙로18길 40, 2층(구로동)
전화 / (02)379-4514, 379-4519
Fax / (02)379-4516
E-mail/hannury2003@hanmail.net

•

신고번호 / 제 25100-2016-000025호
신고연월일 / 2016. 4. 11
등록일 / 1993. 11. 4

•

초판발행일 / 2017년 6월 20일

•

© 2017 이준규 Printed in KOREA

•

값 12,000원

•

※잘못된 책은 바꿔드립니다.
※저자와의 협약으로 인지는 생략합니다.

•

ISBN 978-89-7969-746-9 03810